LE

BALLON

LE

BALLON

SUIVI DE

FORTUNÉ — LUDOVIC

PAR C. G.

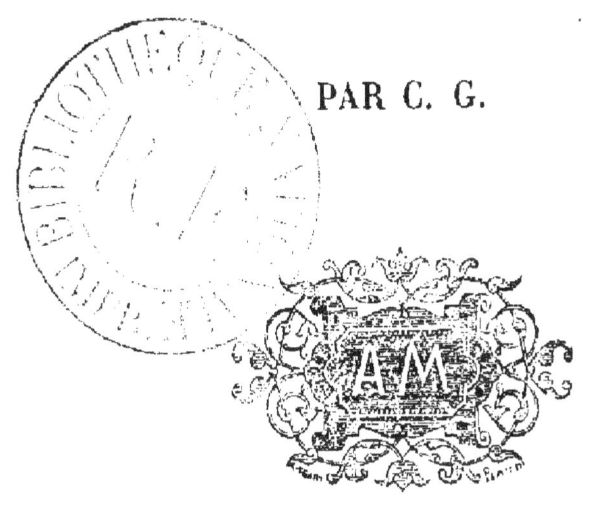

TOURS

Ad MAME ET Cie, IMPRIMEURS-LIBRAIRES

—

1852

LE BALLON

LE

BALLON

« Tiens ! dit Théodore à sa sœur Adèle, qui jouait avec lui dans le jardin de la maison de campagne de leur papa, voilà une voiture qui enfile l'allée.

— C'est la voiture de notre oncle, répondit Adèle, je reconnais les chevaux blancs.

— Quel bonheur si notre cousin était dans la voiture ! s'écria Théodore. Nous nous amuserions bien. C'est un si bon garçon que notre cousin Arthur !

— Il y est ! dit Adèle, il y est ! Il vient de mettre la tête à la portière. »

Et les deux enfants coururent tout joyeux vers la grille par laquelle la voiture devait entrer dans la cour. Ils y arrivèrent en même temps qu'elle.

« Bonjour, Théodore ; bonjour, Adèle, dit Arthur. J'ai quelque chose de bien étonnant à vous raconter, allez !

— Quoi donc ? dirent à la fois Théodore et Adèle.

— C'est, dit Arthur, un ballon avec trois personnes..... »

Le papa d'Arthur, qui était avec lui dans la calèche, interrompit son fils en lui disant :

« Voyons, calme-toi, et attends, pour commencer ton histoire, que nous soyons descendus et que tu sois allé souhaiter le bonjour à ton oncle et à ta tante. Ensuite tu raconteras tant que tu voudras. »

Adèle et Théodore embrassèrent leur

oncle, qui les prit par la main et se dirigea avec eux vers la maison.

« Un ballon gros comme ce pavillon où demeure votre jardinier, et qui est descendu chez nous ! ne put s'empêcher de dire Arthur à l'oreille de Théodore.

— Vraiment ? répondit celui-ci en ouvrant de grands yeux.

— Oui, et trois personnes avec, qui venaient de Paris, ajouta Arthur. Je vous conterai ça tout au long. Vous verrez. »

« Bonjour, mon frère ; bonjour, ma sœur, dit le papa d'Arthur en entrant dans le salon où se trouvaient les parents d'Adèle et de Théodore. Je vous amène Arthur, à qui une visite fort inattendue, que nous avons reçue ce matin, fait tourner la tête. J'ai offert tantôt à déjeuner à trois voyageurs venus de Paris en ballon, qui sont descendus sur le pré qui est devant ma porte. Je ne les ai quittés que lorsqu'ils eurent dégonflé leur ballon. Ils l'ont emballé sur une charrette qui le ramènera à Paris, et ils ont pris eux-mêmes la diligence. Arthur ne m'a pas laissé de trêve jusqu'à ce que je lui eusse donné une foule d'explications et de détails qu'il brûle de transmettre à ses cousins.

— Eh bien ! mes enfants, répondit le papa de Théodore et d'Adèle, nous ne vous retenons pas; allez causer dans le jardin sous la tonnelle. Et toi, Arthur, tâche de ne pas t'embrouiller dans ton récit. »

Cinq minutes plus tard les trois enfants étaient assis sous la tonnelle, et Arthur commençait ainsi :

« J'étais dans le salon, où j'étudiais ma leçon à côté de maman, quand, en levant les yeux et en regardant par la croisée, je vois tout à coup passer devant la croisée une corde qui semblait pendre du ciel, et qui allait très-vite.

« Nous courons, maman et moi, à la fenêtre; qu'est-ce que nous voyons? Un énorme ballon qui n'était pas très-haut et d'où pendait une corde; au bout de cette corde il y avait une ancre qui labourait joliment nos plates-bandes du jardin. Au ballon était attachée une nacelle, et dans cette nacelle se trouvaient trois personnes qui nous virent et qui nous ôtèrent leurs chapeaux.

« Maman cria aussitôt au jardinier, qui regardait aussi le ballon, mais qui, soit par peur, soit par étonnement, ne bougeait pas plus qu'un arbre, d'appeler du monde et de tâcher de saisir la corde du ballon.

« François le cocher entendit ce que disait maman ; il appela la cuisinière et la femme de chambre, et tous les quatre coururent après la corde et l'attrapèrent. En un tour de main, François, qui est très-adroit, l'attacha à un banc de pierre du jardin. C'est en ce moment-là que papa arriva. Dès que la corde fut attachée, le ballon descendit doucement, et quand la nacelle toucha par terre, je remarquai que les trois voyageurs qui s'y trouvaient, au lieu de rester assis, se tenaient pendus par les mains aux cordes qui attachaient la nacelle au ballon. C'est ainsi qu'ils arrivèrent à terre. Je vous dirai tout à l'heure pourquoi ils firent cela.

« La première pensée des voyageurs fut de demander à papa où ils étaient, et ils parurent bien étonnés quand papa leur dit qu'ils se trouvaient à cent vingt-cinq kilomètres de Paris, d'où ils étaient partis huit heures auparavant. Ensuite papa offrit à déjeuner à ces trois messieurs, qui acceptèrent à la condition de dégonfler auparavant leur ballon : ce qu'ils firent. Mais vous ne pouvez pas vous imaginer combien l'espèce d'air qui gonflait le ballon sentait mauvais. C'était une odeur insupportable, qui prenait à la gorge et qui nous fit tous tousser. François, qui aidait à ces messieurs, et qui, ne connaissant pas le danger, s'était approché trop près du trou par lequel se vidait le ballon, manqua de se trouver mal.

« Quand le ballon fut tout à fait dégonflé, on le plia comme un portefeuille, on l'emballa dans du foin et on le mit sur une charrette, où il eut beaucoup de peine à tenir, tant il était encore grand, quoique plié.

« En déjeunant, ces messieurs causèrent beaucoup de leur voyage. Je ne me rappelle pas tout ce qu'ils racontèrent; mais ils nous dirent des choses vraiment étonnantes. Ainsi il paraît que leur ballon monta si haut qu'il traversa les nuages; en sorte que les nuages flottaient sous les pieds des voyageurs, et leur cachaient la vue de la terre. En ballon, à ce qu'on dit, on ne sent pas le moindre mouvement et on n'entend pas le plus léger bruit; de manière que l'on croit rester en place aussitôt qu'on ne voit plus la terre. Ces messieurs nous dirent aussi qu'ils avaient eu grand froid, et que l'eau qu'ils avaient emportée avec eux s'était gelée dans le flacon; et cependant vous savez combien il a fait chaud aujourd'hui. Malheureusement je ne comprenais pas la moitié de ce que racontaient nos voyageurs. Il aurait fallu que papa m'eût donné avant leur arrivée les explications qu'il m'a données après leur départ.

— Et qu'il faut que tu nous donnes à ton tour, dit Théodore; car je t'avoue que je crois rêver en t'entendant parler ainsi. D'abord je n'ai jamais vu de ballon de près, et je ne sais même pas comment on le fait monter, ni comment ceux qui sont dedans le conduisent.

— Ni comment, ajouta Adèle, ils font pour descendre une fois qu'ils sont en l'air; car ce n'est pas tout que de monter.

— Voyons, reprit Théodore, puisque

tu as vu un ballon de très-près, puisque tu l'as touché, dis-nous d'abord comment et en quoi un ballon est fait ?

— Un ballon, continua Arthur, est fait avec des bandes d'étoffe cousues et collées ensemble. Cette étoffe est ordinairement de la soie; elle doit être très-légère et très-solide, très-solide surtout. Une espèce de calotte en filet à mailles très-larges (je passerais ma tête dans chaque maille) coiffe le haut du ballon et enveloppe toute la moitié supérieure.

« Cette calotte est bordée par une forte corde, qui entoure le ballon comme une ceinture; c'est à cette ceinture que sont fixées une trentaine de cordes qui aboutissent à la nacelle et la tiennent suspendue au-dessous du ballon.

— Mais pourquoi appelle-t-on cela une nacelle, demanda Théodore, puisque ce n'est pas fait pour aller sur l'eau ?

— Je ne sais pas trop, répondit Arthur; peut-être parce que cela ressemble assez pour la forme à un petit bateau. Il y a des bancs pour s'asseoir, et une petite galerie en osier tout autour, pour empêcher les personnes qui s'y tiennent de tomber en dehors.

— Maintenant, dit Théodore, comment enfle-t-on un ballon? est-ce avec des soufflets ?

— Non, répondit Arthur. Si on le gonflait avec de l'air, il ne monterait pas. On le gonfle, on le remplit avec du gaz... du gaz... Papa m'a bien dit le nom de ce gaz ; mais je ne me le rappelle plus.

— Mais qu'est-ce que du gaz ? demanda Adèle.

— Le gaz, dit Théodore, c'est ce qui brûle dans les réverbères et dans les boutiques ; c'est ce qui sort de ces becs qui jettent une lumière si brillante.

— Oui ; mais il y a plusieurs espèces de gaz, répondit Arthur, et j'ai oublié le nom de celui que l'on met dans les ballons, et qui est beaucoup plus léger que l'air. Or, de même qu'un morceau de bois que l'on enfonce dans l'eau remonte parce qu'il est plus léger que l'eau, de même un ballon rempli de gaz monte dans l'air parce qu'il est plus léger que l'air, malgré le poids que ce ballon porte.

« Quand la personne qui voyage en ballon veut descendre, elle ouvre une petite trappe qui est tout à fait au haut du ballon, et le gaz commence aussitôt à sortir. Comme c'est le gaz qui soutient le ballon, à mesure qu'il s'échappe par la trappe, le ballon perd de sa force, et bientôt il se met à descendre. Dès que le voyageur s'en aperçoit, il ferme sa trappe pour ne pas descendre trop vite.

— Mais, dit Adèle, comment le voyageur qui est dans sa nacelle peut-il monter sur son ballon pour aller ouvrir et fermer la trappe?

— C'est que j'ai oublié de vous dire, répondit Arthur, que la trappe est garnie de ressorts, et se ferme toute seule comme les portes des cages où l'on met les serins. A cette trappe est attachée une ficelle qui descend dans la nacelle. Quand le voyageur veut ouvrir la trappe, il n'a qu'à tirer la ficelle, et dès qu'il cesse de tirer, la trappe se referme d'elle-même. Je me rappelle maintenant que papa n'appelait pas cela une trappe, mais une soupape; c'est là le vrai nom.

— Mais, dit Théodore, si le voyageur voyait qu'il allait descendre sur des maisons ou sur un étang, est-ce qu'il ne pourrait pas remonter et aller plus loin ?

— Si, répondit Arthur, et voici comment :

« Le voyageur en ballon, l'aéronaute, c'est le vrai nom, a toujours soin de se munir de deux ou trois sacs pleins de sable. Quand, après avoir ouvert sa soupape pour descendre, il veut remonter, il jette du sable, jusqu'à ce que le ballon redevienne assez léger pour s'enlever de nouveau.

— De cette façon, dit Adèle, tantôt en ouvrant sa soupape, et tantôt en jetant du sable, l'aré... comment as-tu dit?... l'aéronaute monte ou descend à sa volonté.

— Pas tout à fait, répondit Arthur; car, chaque fois qu'il lâche une partie du gaz que contient son ballon, le ballon perd de la force qui le soutient en l'air; en sorte qu'il arrive bientôt que, même en jetant toute sa provision de sable, l'aéronaute ne peut plus faire remonter son ballon.

« Cela est clair, ajouta Arthur, puisqu'il ne peut pas remplacer le gaz qu'il a laissé échapper.

« Malgré cela, continua Arthur, il paraît, d'après ce que disaient ce matin nos voyageurs, qu'ils auraient pu rester très-longtemps en l'air, s'ils l'avaient voulu, et s'ils ne s'étaient pas amusés à monter et à redescendre cinq ou six fois en route.

— A redescendre jusqu'à terre ? demanda Adèle.

— Non pas, répondit Arthur, ils ne se sont rapprochés à plus de cent mètres de terre que quand ils ont voulu terminer leur course à travers les airs.

— Et cette corde qui pendait du ballon? demanda Théodore.

— Ah! oui, répondit Arthur, la corde de l'ancre. Quand les voyageurs qui sont en ballon veulent prendre terre, dès qu'ils trouvent un endroit favorable, un champ, un pré, par exemple, ils laissent tomber une ancre attachée à une longue corde. Cette ancre traîne sur le sol, et finit par s'accrocher à un arbre ou à une grosse pierre. Alors le ballon, se trouvant retenu, ne flotte plus au gré du vent qui le pousse, mais descend et touche la terre à la place au-dessus de laquelle il se trouve quand l'ancre s'accroche, ou quand, comme ce matin, plusieurs personnes saisissent la corde.

— Mais, dit Théodore, si doucement que la nacelle descende, elle doit encore éprouver une forte secousse quand elle rencontre la terre ?

— C'est pour cela, répondit Arthur, que les voyageurs en ballon prennent la précaution de se suspendre par les mains aux cordes qui attachent la nacelle au ballon, un instant avant que la nacelle touche la terre. De cette manière ils évitent la secousse, le contre-coup dont nous parlons.

— Mais, dit Adèle, tu nous as bien expliqué comment les aéronautes montaient et descendaient ; mais tu ne nous as pas expliqué le plus important. Comment le voyageur en ballon va-t-il du côté où il veut aller?

— Jusqu'à ce jour, répondit Arthur, les aéronautes n'ont pas encore trouvé le moyen de diriger leurs ballons. Ils ne vont pas du tout du côté où ils veulent aller, mais du côté où le vent les pousse. Ainsi, si le vent les pousse du côté de la mer, ils n'ont d'autre ressource que de descendre au plus vite et de prendre terre. Pendus au-dessous de leur ballon, ils flottent dans l'air au gré de tous les vents, comme les bulles de savon que nous lançons pour nous amuser. Mais, d'après ce que me disait papa, il paraît qu'en ce moment plusieurs aéronautes croient avoir enfin trouvé le moyen de diriger les ballons, absolument comme un capitaine de vaisseau dirige son navire en pleine mer. Malheureusement, ajoutait papa, voilà déjà bien des fois que l'on croit avoir trouvé ce moyen, et chaque fois que l'on a essayé de l'employer on n'a pas réussi. Cependant rien ne prouve que c'est impossible. »

Arthur fut en ce moment interrompu par l'arrivée de son papa.

« Eh bien ! dit-il aux trois enfants, avez-vous assez causé ballons ? Et toi,

Arthur, t'es-tu souvenu des explications que je t'ai données ce matin?

— Mieux que je ne l'espérais, papa, répondit Arthur. N'est-ce pas, Théodore, que je ne me suis pas trop embrouillé, et que vous avez compris ce que j'ai tâché de vous expliquer?

— C'est vrai, dit Théodore; mais il me semble que j'ai encore tant de choses à lui demander!

— Vous remettrez cela pour après le dîner, répondit le papa; car il est cinq heures dans quelques minutes. Venez vous mettre à table, et si vous êtes bien tranquilles et pas trop bavards pendant le dîner, je vous raconterai, à propos de ballons, l'histoire d'un petit garçon qui a fait une promenade en l'air sans s'y attendre, qui pis est, sans le vouloir. »

Voici cette histoire que le papa d'Arthur raconta au dessert.

L'ENFANT ENLEVÉ PAR UN BALLON.

« Vers le milieu du mois de juillet de l'année 1843, de grandes affiches annoncèrent aux habitants de Nantes qu'un aéronaute s'enlèverait dans les airs avec son ballon, et partirait de la promenade la plus fréquentée de la ville.

« Le désir de voir un pareil spectacle attira une foule innombrable de personnes, qui se trouvèrent à l'endroit indiqué, bien avant l'heure fixée pour le départ du ballon.

« Il faut que vous sachiez que, pour enfler un ballon, on l'attache ordinairement du haut à une corde soutenue par deux poteaux, et disposée absolument comme la corde qui sert à suspendre un réverbère.

« Un vent très-vif, et qui soufflait par rafales, rendait assez difficile le gonflement du ballon ; car chaque coup de vent l'agitait violemment, et l'aéronaute avait été obligé de prier plusieurs des assistants d'aider ses ouvriers à retenir le ballon, afin qu'il ne fût pas emporté par le vent.

« Parmi les personnes de bonne volonté qui s'étaient offertes pour aider l'aéronaute, se trouvait un jeune garçon de douze ans et demi, nommé Jean Guérin.

« Jean Guérin tenait, comme les autres, les cordes fixées au ballon avec lesquelles on cherchait à le maintenir en place.

« Le ballon était à moitié gonflé, quand tout à coup s'élève une rafale si impétueuse qu'elle agite violemment le ballon, le heurte contre les poteaux, et l'arrache des mains des personnes qui le retenaient par les cordes.

« Le ballon, malgré une large déchirure, s'enlève, entraînant après lui la nacelle renversée, d'où tombe la corde à laquelle est attachée l'ancre. Comme le ballon ne s'enlevait pas perpendiculairement, c'est-à-dire tout droit, à cause du vent qui l'emportait avec une grande rapidité, l'ancre traîna pendant quelques instants sur le pavé.

« Jean Guérin se trouva malheureusement sur le passage de l'ancre, qui rasait le pavé avec une telle vitesse que l'enfant ne put se jeter assez promptement de côté pour l'éviter.

« Une des pointes de l'ancre perce le pantalon de Jean Guérin, et glissant le long de sa peau sans lui faire de mal, s'accroche dans la ceinture de son gros pantalon de drap.

« Ainsi saisi, Jean Guérin est d'abord traîné par terre, puis il sent la terre manquer sous lui, et le voilà dans les airs.

« Il avait eu la présence d'esprit de saisir la corde attachée à l'ancre. Une fois en l'air, il ne perdit pas courage, mais se cramponna le plus fermement qu'il put à la corde au bout de laquelle il était suspendu ; car sa plus grande peur, c'était que l'ancre n'achevât de fendre la ceinture de son pantalon.

« Comme le ballon s'était déchiré avant de partir, il ne monta pas très-haut, pour un ballon s'entend, car les personnes qui suivaient des yeux Jean Guérin, le perdirent de vue pendant quelques instants. Mais bientôt le ballon, dont la déchirure laissait échapper le gaz, et qui par conséquent diminuait de force, cessa de monter et bientôt commença à descendre.

« Jean Guérin, qui, sans perdre courage, avait vu passer au-dessous de lui toute la ville de Nantes, dont les maisons ne lui avaient pas paru plus grosses que des joujoux d'enfant, sentit redoubler sa confiance dès que le ballon reprit le chemin de la terre. Pendant la descente il eut la prudence de tenir ses yeux fermés, parce que le ballon pirouettait comme un volant de raquette.

« Enfin, juste un quart d'heure après avoir été accroché par l'ancre, Jean Guérin fut reçu dans les bras de deux faucheurs qui travaillaient dans un pré et qui étaient accourus pour l'empêcher de se faire mal en touchant la terre. Le point où il s'arrêta était à plus d'une demi-lieue de l'endroit où il avait été enlevé.

« Jean Guérin, en arrivant, ne paraissait nullement ému. Il ne se plaignait d'aucun mal, et il paraissait plus contrarié de la déchirure de son pantalon que de toute autre chose.

« Si Jean Guérin avait été un poltron, s'il n'avait pas conservé sa présence d'esprit, si, au lieu de saisir la corde à deux mains, il s'était mis à crier, à pleurer, il se serait certainement tué. Son courage et son sang-froid le sauvèrent. Mais tant de courage et de sang-froid sont très-rares dans un enfant de douze ans et demi. Il est très-probable que Jean Guérin dut ce courage et ce sang-froid à une courte prière, qu'il dit avoir adressée à la sainte Vierge au moment où il se sentit enlevé dans les airs.

« Ce que je viens de vous raconter, mes enfants, n'est pas un de ces contes que j'invente quelquefois pour vous amuser et vous instruire ; c'est une histoire véritable à laquelle je n'ai rien changé, rien ajouté. »

FORTUNÉ

FORTUNÉ

I

Je connais beaucoup un petit garçon nommé Fortuné, et je le vois très-souvent chez son père, qui est un de mes amis.

Fortuné a dix ans. Il est difficile de rencontrer un enfant plus sage, plus docile, plus intelligent et plus gentil. Il est toujours de bonne humeur, toujours content. Quand sa maman lui dit de prendre son livre et d'apprendre sa leçon, il laisse aussitôt ses jouets, et se met à étudier sans témoigner aucun ennui. Tout lui convient, tout l'arrange. Est-il avec d'autres enfants, Fortuné adopte les jeux qu'ils proposent, et veut tout ce qu'ils veulent. Ses camarades lui font-ils quelque niche, au lieu de se fâcher, il en rit le premier, et désarme les plus taquins par sa complaisance et sa douceur.

Mais à toutes ces précieuses et excellentes qualités, Fortuné joint un défaut qui me fait souvent trembler pour son avenir. Ce défaut, c'est une faiblesse excessive. Dès qu'il est avec un camarade, si ce camarade propose à Fortuné de faire quelque chose de mal, Fortuné s'en défend d'abord, résiste bien un peu; mais si l'autre insiste, il ne tarde pas à entraîner Fortuné. Fortuné cède, non pas par plaisir, mais par bonté d'âme, pour ne pas contrarier son compagnon. Or un pareil défaut peut porter un enfant à commettre de bien grosses sottises. C'est ce qui est arrivé, il y a quelques mois, à Fortuné.

Parmi les joujoux que Fortuné reçut au jour de l'an pour ses étrennes, se trouva un joli petit canon en cuivre monté sur son affût, avec tous les accessoires qui accompagnent un véritable canon de guerre, c'est-à-dire un caisson à munitions, un refouloir pour enfoncer la charge, un écouvillon pour nettoyer l'intérieur de la pièce, et un seau pour contenir l'eau dans laquelle on trempe l'écouvillon avant de s'en servir. Tout cela était si bien fait, si joli, qu'on eût dit un de ces modèles en petit comme on en voit dans certains musées.

Un matin que Fortuné avait fait

une page d'écriture remarquablement bien, sa maman lui dit d'aller la montrer à son papa, qui travaillait dans son cabinet.

Fortuné y courut tout joyeux avec son cahier.

« Tiens, père, dit-il, voici ma page de ce matin; maman l'a trouvée si bien pour moi, qu'elle m'a envoyé te la faire voir. »

Le papa prit le cahier que lui présentait Fortuné, et l'examina avec attention.

« C'est vrai, dit-il en embrassant son fils sur le front; ta page n'est pas mal du tout. J'en suis d'autant plus content que tu as surtout cherché à corriger le défaut le plus saillant de ton écriture. Tes lettres ne sont plus aussi ridiculement penchées, et elles ont enfin du corps.

— Alors, père, dit Fortuné, tu es tout à fait content de moi ?

— Puisque je te le dis, » répondit en riant le papa de Fortuné, qui devinait déjà que son fils allait lui demander quelque chose. « Mais où veux-tu en venir ?

— Où je veux en venir, père ? voici. Tu m'as dit avant-hier, en me voyant jouer avec mon petit canon, qu'un jour que tu serais tout à fait content de moi, tu chargerais mon canon avec de la vraie poudre, et que tu me le ferais tirer trois fois.

— C'est vrai, répondit le papa. Retourne vers ta maman apprendre ta leçon, et si tu la sais sans faute, tout de suite après déjeuner nous tirerons trois coups de canon, qui s'entendront d'un bout du jardin à l'autre.

— Oh! quel bonheur! s'écria Fortuné en sautant au cou de son papa. Je vais vite apprendre ma leçon. »

Fortuné se hâta de raconter à sa maman la promesse que son papa venait de lui faire, et dix minutes avant le déjeuner il récitait sans la moindre hésitation une demi page de sa géographie.

Quand le moment de se mettre à table fut arrivé, Fortuné, qui attendait son papa avec une joyeuse impatience, lui dit, dès qu'il parut dans la salle à manger :

« Père, demande donc à ma maman si j'ai bien su ma leçon de géographie. Une leçon bien difficile encore, une ribambelle de noms d'iles et de caps du nord de l'Europe, tous plus baroques les uns que les autres : les îles Waigatz, Kalgouef, Lossoden; les caps Nord-Kipn, Mizen...

— Allons, allons, dit le papa en

interrompant Fortuné, fais-nous grâce de ta science pour le moment. Tu as bien su ta leçon, et moi je te tiendrai ma promesse comme toujours. Après déjeuner nous ferons jouer ton artillerie.

— Ça n'abîmera pas mon canon ? demanda Fortuné.

— Non, répondit le papa, tu en seras quitte pour prier ta maman de te donner un chiffon pour le bien essuyer quand il aura servi. »

Dès que son papa se fut levé de table, Fortuné ramassa son canon, qu'il avait tenu tout prêt dans un coin de la salle à manger, et accompagna son papa, qui s'en alla prendre dans une armoire de son cabinet une poire à poudre, un vieux journal pour faire des bourres, des allumettes et un morceau d'amadou. Puis tous deux se rendirent au fond du jardin.

Là, le papa chargea le canon avec toutes les précautions voulues, l'amorça, et donna à Fortuné une petite baguette longue comme le bras, au bout de laquelle il avait fait une fente destinée à recevoir un petit morceau d'amadou. Quand cet amadou fut allumé, le papa de Fortuné lui montra comment il devait se placer pour mettre sans danger le feu à son canon, et bientôt après une forte explosion retentit dans le jardin.

« Tiens, dit Fortuné, mon canon a fait la cabriole en arrière.

— C'est parce que cela arrive toujours ainsi, répondit le papa, que je t'ai dit de te placer de côté, de manière que le canon, en reculant, ne pût point t'atteindre.

— C'est vrai tout de même, dit Fortuné; si j'avais mis le feu avec la main, étant derrière le canon, il m'aurait sauté à la figure.

— Il est toujours dangereux de se servir de la poudre, dit le papa, quand on n'a pas l'expérience nécessaire. C'est pour cela que les enfants ne doivent jamais jouer avec; ils ne peuvent le faire sans s'exposer à se brûler ou à se blesser.

— Cependant, dit Fortuné, quand, par exemple, comme nous le faisons là, on ne met que de la poudre dans un canon, sans balles, sans plomb, on ne pourrait pas se faire grand mal.

— Voilà, mon fils, répondit le papa, une erreur qui a été fatale à plus d'un enfant. D'abord il faut savoir charger convenablement une arme à feu quelconque, et proportionner sa charge à sa force. Ainsi, par exemple, si l'on chargeait mal ou trop fort ce petit canon, il peut, en partant, voler en éclats, et ces éclats peuvent occasionner des blessures graves. Ensuite je vais te prouver que ton petit canon, même uniquement chargé à poudre, percerait très-bien ta main si elle se trouvait près de sa bouche quand il part. Tu vas voir. »

Le papa chargea de nouveau le canon, et plaça devant lui, à une très-petite distance, une planchette de bois. Fortuné mit le feu au canon comme la première fois, et fut très-étonné de retrouver à trois pas du canon la planchette, dans laquelle la bourre en papier placée sur la charge était entrée tout entière. « Voilà ce que je ne me serais jamais imaginé ! dit-il.

— Maintenant, répondit le papa, suppose que ta main ou celle d'un de tes camarades se fût trouvée à la même place que cette planchette, et juge si cette main eût été gravement endommagée. Eh bien ! si vous étiez là trois ou quatre étourdis de ton âge, vous amusant à tirer des coups de canon, il n'y aurait rien d'impossible à ce que l'un de vous mît le feu à l'amorce, pendant qu'un autre serait devant le canon pour le tourner à droite ou à gauche, ou pour toute autre cause. Ainsi, rappelle-toi bien que je te défends expressément de tirer ton canon ou de le prêter à tes camarades pour le tirer. »

II

A quatre ou cinq mois de là, à l'époque des vacances, la tante de Fortuné vint chez le père de celui-ci passer quelques jours à la campagne. Cette tante avait amené avec elle ses trois enfants, une fille et deux garçons un peu plus âgés que Fortuné.

Grande fut la joie des cousins de se voir réunis; cela leur arrivait très-rarement, parce que les deux nouveaux venus étaient au collége et n'avaient que peu de jours de sortie, dont la conduite assez légère de ces messieurs diminuait encore trop fréquemment le nombre.

Octave et Donatien (c'étaient les noms des deux cousins de Fortuné), accoutumés à plier sous la discipline sévère du collége, étaient comme deux jeunes chevaux échappés qui ne sentent plus ni la bride ni le fouet. Leur fougue, leurs cris, leur turbulence subjuguait complétement le pauvre Fortuné, dont ils faisaient tout ce qu'ils voulaient.

Fortuné avait mis tous ses jouets à la disposition de ses cousins; mais ceux-ci, qui ne comprenaient et n'appréciaient plus que les jeux bruyants du collége, après s'en être amusés pendant quelques instants, après en avoir mis plusieurs hors de service par leur brusquerie, laissèrent là bilboquets, quilles, onchets, jeux d'oie et de patience.

Tout à coup Octave s'écria :

« Si encore nous avions de la poudre pour faire partir ce petit canon; c'est cela qui serait amusant! Si j'avais su, Fortuné, que tu eusses un canon, certainement j'en aurais apporté de la maison.

— Tu en as donc ? demanda Fortuné.

— Non, mais j'en aurais bien trouvé chez nous, répondit Octave ; je sais où papa met sa poudrière, et nous en avons pris très-souvent ; n'est-ce pas, Donatien ?

— Je crois bien ! » dit Donatien d'un air important.

Or mes drôles mentaient : ils n'en avaient pris qu'une fois, l'année précédente ; leur papa s'en était aperçu, il les avait sévèrement punis, et avait mis sa poudre sous clef pour ôter à ses fils l'envie de recommencer.

« Mon oncle veut donc bien que

vous preniez de sa poudre ? dit Fortuné.

— Est-ce qu'on demande jamais une chose qu'on peut vous refuser ? s'écria Octave. Si nous avions demandé de la poudre à papa, et qu'il nous eût dit non, il aurait fallu nous en passer ; au lieu qu'en ne disant rien, nous sommes censés ignorer qu'il ne veut pas que nous en prenions. Au collége, nous regardons comme permis tout ce qui n'est pas positivement défendu. Il faut s'arranger en ce monde !

— Savez-vous bien que ça ne me semble pas bien tout ce que vous dites là ? reprit timidement Fortuné. On ne doit pas attendre, pour s'en abstenir, qu'on vous ait défendu une action que l'on sait être mauvaise. »

Octave et Donatien poussèrent un grand éclat de rire. Puis Octave reprit :

« Et toi, sais-tu bien, Fortuné, que si tu étais avec nous au collége, tu aurais certainement le prix des imbéciles, et que plus tard tu serais capable de devenir un pion ?

— Je ne te comprends pas, » dit Fortuné tout étourdi de la manière dont son observation, qu'il sentait juste, avait été accueillie. Cette nouvelle question provoqua une nouvelle explosion de rires.

« Tu ne vois donc pas, s'écria Donatien, qu'Octave se moque de toi? Il veut parler du prix de sagesse, que nous appelons le prix des imbéciles, et prétend que tu ferais un excellent surveillant : *pion* est le sobriquet de surveillant.

— Vous vous permettez donc, au collége, de vous moquer de vos maîtres? dit Fortuné; ça doit cependant être positivement défendu.

— Écoute, cousin, répondit Octave, prie ton cher papa de ne pas te mettre au collége; car, en vérité, tu y passerais pour un fameux nigaud! Tiens, parlons d'autre chose.

— Oui, parlons d'autre chose, dit Fortuné; car je ne puis pas être d'accord avec vous. Je vais aller à la maison chercher un album que je ne vous ai pas encore montré.

— Est-il niais, dit Octave quand il fut seul avec son frère, notre petit cousin! C'est dommage, lui qui est si bon enfant.

— Il n'y a pas de meilleure pâte, répondit Donatien, qui tournait et retournait entre ses mains le petit canon. Je parierais, ajouta-t-il, que ce canon ferait autant de bruit qu'un fusil de munition. Où pourrions-nous donc avoir de la poudre? Je meurs d'envie de le tirer.

— Mon oncle doit certainement en avoir, dit Octave; mais elle est probablement sous clef, comme chez nous.

— Pourquoi mon oncle la mettrait-il sous clef? dit Donatien. Il n'y a pas de danger que Fortuné y touche; ce n'est pas la peine de prendre de semblables précautions avec lui.

— Ce serait peine perdue, reprit Octave, de prier Fortuné d'aller nous en chercher. Mais nous pourrions savoir de lui où son père la met. Il nous le dira, s'il le sait, pourvu qu'il ne se défie pas de ce que nous voulons faire.

— Tu as là une idée, répondit Donatien. Laisse-le revenir avec ses images, et je me charge de lui tirer les vers du nez sans qu'il s'en doute. Chut! le voilà!

— J'ai été longtemps, dit Fortuné, parce que je ne savais pas où j'avais laissé mon album; il était dans le cabinet de papa, qui est sorti.

— Tu as donc la permission, toi, demanda Octave, d'entrer, quand tu le veux, dans le cabinet de mon oncle?

— Oui, répondit Fortuné. Pourquoi pas? Papa ne craint point que je touche à ses papiers ni à ses livres, puisqu'il me l'a défendu. Est-ce que vous n'entrez pas dans le cabinet de votre père ?

— Il n'y a pas de risque, dit Donatien. Quand papa sort, il ôte la clef et la remet à maman.

— Je serais bien fâché, j'aurais bien du chagrin, dit Fortuné, si papa se défiait ainsi de moi. Ça ne vous fait donc rien à vous ?

— Voyons tes images, dit Donatien, qui, à cette naïve question, sentit le rouge lui monter au front, et qui ne se souciait nullement d'y répondre ; voyons tes images. »

Pendant que Fortuné montrait ses images, que ses cousins examinaient avec assez d'indifférence, parce qu'ils pensaient plus au canon qu'aux lithographies qui passaient sous leurs yeux, un coup de fusil tiré assez près d'eux les fit tressaillir. Ils coururent au bout du jardin, vers une petite porte qui donnait sur la campagne. Ils l'ouvrirent, et virent un jeune homme de dix-huit ans environ qui ramassait un oiseau qu'il venait de tirer.

« Tiens, c'est M. Jules, dit Octave. Bonjour, monsieur Jules!

— Bonjour, Octave; bonjour, Donatien, dit le tireur de moineaux. Nous voilà donc en vacances. Moi, j'y suis tout à fait, car j'ai définitivement dit adieu au collége.

— Vous chassez donc par ici? demanda Donatien.

— Oui, répondit le nouveau venu. J'essaie un fusil dont mon père vient de me faire cadeau. Nous avons organisé pour demain une grande partie de chasse, et j'ai voulu aujourd'hui me familiariser avec mon arme et me faire la main en tirant des oiseaux au vol. Vois donc comme mon fusil est léger et joli; il est tout neuf, ainsi que mon carnier, mon sac à plomb et ma poudrière. »

Et l'apprenti chasseur faisait craquer la batterie de son fusil et montrait avec un orgueil mal dissimulé les différentes pièces de son attirail de chasse, fraîchement sorti de la boutique de l'armurier.

« Que vous êtes heureux, monsieur Jules, d'avoir fini vos études, dit Donatien, et de pouvoir maintenant aller où vous voulez! Quand donc serai-je aussi grand que vous! C'est si ennuyeux de ne pouvoir remuer une main ou un pied sans en demander la permission!

— Rentrons, dit Fortuné à ses cousins qui avaient franchi le seuil de la porte pour s'avancer vers M. Jules; vous savez bien qu'on nous a recommandé de ne pas sortir du jardin.

— Bon! dit Octave, ne dirait-on pas que nous sommes à une lieue de la maison ? C'est bien la peine de nous rappeler cette défense pour trois pas que nous avons faits dans la campagne! Tu es vraiment insupportable.

— Je ne te dis pas cela pour te fâcher, répondit Fortuné avec embarras.

— M. Jules, dit Donatien, qui ne pouvait détacher ses yeux de la poudrière, est-ce que vous avez beaucoup de poudre dans votre poudrière ?

— Non, répondit Jules; mais j'ai fait mes provisions, et j'en ai plus d'un demi-kilo à la maison, avec trois à quatre kilos de plomb de toutes grosseurs.

— Puisque vous êtes si riche, dit Donatien, est-ce que vous ne voudriez pas me donner une demi-charge de poudre? Je serais si content d'en avoir un petit peu!

— Va pour un petit peu, répondit Jules, car tu es encore trop jeune pour manier de la poudre. Mais il faudrait que tu y misses bien de la bonne volonté pour te faire grand mal avec les quelques grains que je vais te donner. Voyons, as-tu un petit cornet de papier pour la mettre?

— Mettez-la là dedans, dit Donatien en présentant le creux de sa main. Ensuite je trouverai bien un morceau de papier. »

Jules, qui, malgré les airs de chasseur consommé qu'il se donnait, se servait encore assez gauchement de ses ustensiles de chasse, prit sa poudrière; mais, au lieu d'en faire sortir, comme c'était son intention, une pincée de poudre, il en laissa tomber un flot, qui remplit la main de Donatien jusqu'à déborder.

« Bravo ! s'écria Donatien. Vous êtes, monsieur Jules, plus généreux que je ne l'espérais; merci. Adieu, il faut que nous rentrions. »

Et avant que Jules, très-contrarié d'avoir montré sa maladresse, eût le temps de lui répondre, Donatien rentra dans le jardin, suivi de ses camarades.

« Qui a du papier, dit-il, pour mettre notre poudre ?

— Attends, répondit Octave. J'ai justement là dans ma poche un bulletin du collége qui n'est bon qu'à brûler. Je ne l'ai pas montré à papa, et pour cause.

— Parce qu'on y lit plus souvent *mal* que *bien*, dit Donatien en riant.

— Parle donc des tiens, continua Octave, je te le conseille. Voilà un cornet, verses-y la poudre. Bien doucement, pour ne pas en perdre. Là. Le cornet est à moitié plein, et il le serait tout à fait si, en courant comme un fou, tu n'avais pas répandu les trois quarts de la poudre qui était dans ta main.

— Dame ! répondit Donatien, j'avais peur que M. Jules ne me fît rendre toute la poudre qu'il m'a donnée en plus de ce qu'il voulait me donner. Le pauvre garçon ! s'il ne manie pas plus adroitement son fusil que sa poudrière, il fera demain une triste figure pendant sa grande partie de chasse ! Oh ! que nous allons nous amuser !

— Qu'est-ce que nous allons donc faire? demanda Fortuné.

— Nous allons, dit Octave, tirer des coups de canon. Boumb!

— Tirez-en, si vous voulez, dit Fortuné; quant à moi, je ne m'en mêle pas, puisque papa me l'a défendu.

— Bon! voilà l'autre à présent, s'écria Donatien. Est-ce que ton papa le saura? Il est sorti.

— Cela ne fait rien, dit Fortuné; il ne le veut pas, cela me suffit, et je ne vous prêterai certainement pas mon canon. » Fortuné avait les larmes aux yeux.

« Voyons, voyons, mon petit cousin, dit Octave, nous ne voulons pas te faire désobéir à notre oncle. Il t'a défendu de tirer des coups de canon comme ceux qu'il a tirés avec toi, avec une forte charge, parce qu'il a peur que tu ne te blesses. Mais nous voulons plutôt faire semblant de tirer que tirer réellement. Nous ne mettrons dans le canon que quelques grains de poudre; ça fera *chut*, et voilà tout. Il n'y aura pas de quoi tuer une mouche. Prête ton canon, tu vas voir.

— Oui, prête-le, ajouta Donatien, et si nous ne faisons pas comme nous disons, tu le reprendras tout de suite.

— Puisque c'est comme cela, dit Fortuné, je ne veux pas vous contrarier, et je vais aller chercher mon canon.

— Va! va, nigaud, dit Donatien quand Fortuné se fut éloigné; ton canon fera d'abord *chut;* mais le dernier coup sera bon; je le bourrerai en conséquence.

— Jusqu'à la gueule, dit Octave. Mais silence! voilà le cousin.

— Voilà mon canon, dit Fortuné; mais il est bien convenu que vous ferez comme vous avez dit: quelques grains de poudre seulement, et sans bourre.

— C'est convenu, dit Donatien. Tu as de l'amadou, n'est-ce pas, Octave?

— Tu sais bien que j'en ai toujours, dit Octave ; il ne s'agit que de trouver une pierre, et avec mon couteau je vous aurai bien vite fait du feu. Tiens, j'en vois une, une vraie pierre à fusil. Charge le canon d'abord, et je battrai le briquet ensuite. »

Donatien, pour ménager Fortuné, ne mit en effet à ce premier coup qu'une extrêmement petite quantité de poudre dans le canon.

« Mais tu ajoutes une bourre! dit Fortuné en voyant son cousin introduire dans le canon un petit morceau de papier roulé.

— Une bourre pour rire, répondit Donatien ; tu vois bien qu'elle tombe toute seule dans le canon sans employer le refouloir. Sois donc tranquille, tu vas voir. »

Octave battit le briquet, alluma son amadou, et Donatien mit le feu à l'amorce. Le canon partit, et un mince filet de fumée, comme celui qui sort de la pipe d'un fumeur, un bruit assez semblable à celui d'une petite pierre qui tombe dans un seau d'eau, tel fut le seul résultat de ce coup de canon.

« Je comprends, dit Fortuné tout

joyeux, que, si vous ne tirez que comme cela, il n'y ait pas de danger. Je commence à croire que papa ne trouverait pas grand mal à ce que nous faisons. Pourtant...

— Allons, à ton tour de charger, dit Donatien à Octave. Donne; je vais tenir la poudre. As-tu éteint l'amadou ?

— Sans doute, dit Octave, j'ai appuyé dessus. Si nous le laissions brûler pendant que nous chargeons, dans cinq minutes nous n'en aurions plus. »

Quand Octave eut chargé le canon, il battit de nouveau le briquet, alluma l'amadou, en déchira le petit morceau embrasé qui devait lui servir à mettre le feu au canon, puis rendit le reste de l'amadou à Donatien, qui tenait déjà le cornet de papier renfermant la poudre.

« Feu ! » dit Octave, en allumant l'amorce.

Le canon ne fit guère plus de bruit que la première fois. Mais un grand jet de flamme et une large bouffée de fumée blanche jaillit au même instant de la main de Donatien. Il avait mal éteint le morceau d'amadou que lui avait remis son frère, et l'amadou venait de mettre le feu au cornet de poudre qu'il tenait dans sa main. Par un bonheur providentiel, il avait en ce moment sa main appuyée sur son dos, en sorte que sa figure et celles de ses camarades furent préservées.

Il y eut chez les trois cousins un instant de stupeur.

« Ce n'est rien, dit Donatien, qui ne manquait ni de présence d'esprit, ni de courage.

— Oh! mon Dieu! mon Dieu! quel malheur! s'écria Fortuné. Je le savais bien qu'il nous arriverait malheur en désobéissant à papa!

— Ne crie donc pas comme ça, dit Octave; tu ferais accourir toute la maison. Puisque Donatien te dit qu'il n'a pas de mal. Vois plutôt sa main.

— C'est étonnant, dit Donatien qui examinait sa main toute noircie par la poudre. Ma main est certainement brûlée, et cependant elle ne me fait pas de mal ; je ne sens qu'une espèce d'engourdissement.

— Oh ! tant mieux ! dit Fortuné.

— Oui, mais ta tunique est hors de service, dit Octave ; le dos est tout roussi. Comment cacher cela ? »

Donatien ôta sa tunique, la regarda, et vit en effet que le drap en était marbré de grandes taches jaunes.

« Et puis, dit-il, voilà ma main qui commence à me picoter comme si elle était dévorée par un millier de fourmis. Mon Dieu ! elle se couvre de petites cloques !

— Il faudrait la tremper dans de l'eau fraîche, dit Octave.

— Venez, dit Fortuné, il y a tout près d'ici le bassin de la source. »

Les enfants y coururent, et Donatien enfonça sa main dans l'eau fraîche.

« Oh ! que cela me fait du bien, s'écria Donatien, dont les traits altérés exprimaient une vive souffrance.

— Qu'allons-nous dire ? reprit Octave.

— Comment ? demanda Fortuné, qui ne comprenait pas.

— Sans doute, dit Donatien, sans retirer sa main de la source, dont la fraîcheur calmait ses douleurs; il faut bien que nous disions quelque chose à maman pour expliquer la brûlure de ma main et de mon habit; car... »

L'arrivée du papa de Fortuné, qui s'avançait vers les trois cousins, fit expirer la parole sur les lèvres de Donatien.

« Que faites-vous donc là, mes enfants? dit le papa. Est-ce que tu cherches quelque chose dans la source, Donatien?

— Non, mon oncle, répondit celui-ci.

Je me suis fait une petite brûlure à la main, et je la mettais dans l'eau.

— Une brûlure ? comment ? dit le papa. Voyons cette main... tu es tout pâle ! »

Donatien montra sa main. Elle était enflée, livide, parsemée de cloques grosses comme des pois : la peau paraissait roussie. Dès qu'elle fut hors de l'eau, elle causa à Donatien une douleur si vive, si poignante, que celui-ci, malgré son courage, ne put retenir ni ses larmes ni ses cris.

« Mais, malheureux, tu t'es fait une brûlure très-grave, dit le papa en examinant la main. Et ce n'est qu'avec de la poudre qu'on peut se brûler ainsi ! Venez vite à la maison. »

Le papa de Fortuné, sans être médecin, savait tout ce qu'il fallait faire, en pareille circonstance, pour soulager le blessé. Il commença par panser la main de Donatien, sans demander aucune explication.

A peine eut-il fini que, sans attendre les questions de son père, Fortuné se jeta dans ses bras en fondant en larmes, et lui raconta comment l'accident était arrivé.

Mais, grâce à son excellent naturel, il ne dit pas tout ce qu'il aurait pu dire pour se disculper aux dépens de ses cousins ; il ne parla ni de leurs détestables conseils, ni de sa résistance ; et il fallut que son père le pressât de questions pour savoir combien Fortuné était moins coupable que Donatien et Octave.

Une fois la chose bien éclaircie : « Quant à vous, Donatien et Octave, dit le papa de Fortuné, je laisse à votre père le soin de vous gronder comme vous le méritez. L'un de vous a déjà été cruellement puni, et sans la circonstance si heureuse qui a fait éclater la poudre derrière Donatien, il eût probablement perdu les yeux. Malgré les vives douleurs qu'il éprouve, il doit donc encore remercier Dieu d'en être quitte à si bon marché.

« Pour toi, Fortuné, qui as été faible comme toujours, qui n'as pas eu la force de refuser ton canon à tes cousins, de résister à leurs instances, et de les laisser seuls au besoin, tu es à mes yeux responsable de l'accident qui est arrivé à Donatien; car tu m'as désobéi, et c'est par suite de ta désobéissance que l'accident a eu lieu. Je n'ai pas l'habitude de te punir, et je ne commencerai pas aujourd'hui, parce que tu es assez puni de savoir que tu m'as blessé dans ma confiance, dans mon affection, et que j'en éprouve un chagrin profond. Que la leçon te serve; souviens-toi que celui qui commet une mauvaise action par faiblesse, est aussi méprisable que celui qui la commet par vice de cœur. L'enfant qui a quelques défauts, s'il est ferme, n'a que ses défauts; tandis que l'enfant faible et mou comme toi, outre ses défauts propres, a, pour ainsi dire, les défauts de tous ses camarades. »

LUDOVIC

LUDOVIC

Ludovic est un jeune garçon de douze ans qui eut le malheur de ne jamais connaître ni son papa ni sa maman ; ils étaient déjà morts, que Ludovic ne marchait pas encore seul.

Élevé par sa grand'maman, bonne et excellente femme qui n'avait ni la force, ni le courage de le contrarier en quoi que ce fût, Ludovic était ce qu'on appelle un enfant gâté. Habitué à faire toutes ses volontés, à imposer tous ses caprices à sa grand'maman, qui ne redoutait rien tant que de voir pleurer son petit-fils, Ludovic passait sa vie à s'ennuyer et à ennuyer les autres. Il était douillet à l'excès : il craignait le froid, il craignait le chaud; au moindre bobo, il se croyait blessé. Quand il éternuait deux fois de suite, il se prétendait pris d'un gros rhume de cerveau, et se faisait envelopper la tête d'un foulard. A la moindre toux il fallait lui préparer de la tisane, et aller chercher chez le pharmacien de la pâte de guimauve et de jujube.

Les domestiques n'étaient occupés que de lui. Le matin il fallait le peigner, lui laver la figure et les mains, l'habiller des pieds à la tête. Le jour il avait toujours besoin de quelque chose, et ses exigences allaient si loin qu'une fois qu'il jouait à la toupie il se fâcha très-fort parce que la femme de chambre ne voulait pas passer son temps à peloter sa toupie; il prétendait que la corde lui coupait les doigts.

A dîner, c'était bien une autre histoire : monsieur n'aimait pas ceci, détestait cela. Tel plat était trop salé, tel autre trop sucré. On avait mis dans celui-ci du vinaigre que monsieur ne pouvait pas souffrir, ou de l'oignon qui lui barbouillait l'estomac. Pour qu'il se décidât à toucher au morceau de viande placé sur son assiette, il fallait que sa grand'maman l'eût épluché avec le plus grand soin, qu'elle en eût ôté le gras, la peau, les nerfs, et que les morceaux fussent bien coupés, ni trop gros, ni trop petits.

La pauvre grand'maman en perdait la tête, et la cuisinière ne savait à quel saint se vouer. Elle eût mieux aimé préparer un dîner pour vingt-cinq personnes qu'une côtelette pour monsieur Ludovic.

Puis, le soir, on couchait Ludovic comme une poupée, c'est-à-dire qu'on lui ôtait pièce à pièce tous ses vêtements, sans qu'il s'aidât plus qu'un marmot de huit jours.

Le voilà enfin couché. Et vous croyez que c'est fini? Ah! bien, oui! Le lit est trop dur ou trop mou; l'oreiller est trop haut ou trop bas; il est trop bordé ou pas assez bordé. Quand la femme de chambre a passé une demi-heure à remédier à tous les inconvénients du lit, elle s'en va enchantée d'être jusqu'au lendemain débarrassée de son tourment... pourvu qu'au milieu de la nuit Ludovic ne la fasse pas lever pour venir desserrer les cordons de son bonnet, ou les rattacher s'ils sont dénoués.

Cependant, malgré ses ridicules, qui en font un enfant insupportable pour toute autre personne que sa grand'maman, Ludovic n'est pas un méchant enfant. Il a un bon cœur, il est affectueux, et ne ment jamais. S'il tourmente, s'il fatigue les autres, c'est presque sans le vouloir, sans le savoir. Bien élevé il eût été un enfant charmant; car le bon Dieu lui a accordé toutes les qualités nécessaires.

Ludovic a un oncle, frère de son père, qui malheureusement ne peut pas se charger de son éducation, parce qu'il est presque continuellement en voyage. Cet oncle, qui s'appelle M. Robert, est un grand naturaliste, c'est-à-dire un savant qui passe sa vie à étudier la conformation et les habitudes des animaux; qui recherche les plantes rares et curieuses pour les décrire, et transporter les plus belles ou les plus utiles des pays où elles poussent naturellement dans ceux où elles ne sont pas encore cultivées. C'est grâce au dévouement, aux travaux si dangereux et si fatigants des hommes comme M. Robert, que nous possédons aujourd'hui des pommes de terre, des dahlias et beaucoup d'autres plantes précieuses par leurs fruits ou leurs fleurs, qui, il n'y a pas cent ans, n'étaient pas même connues en France par leurs noms.

M. Robert avait parcouru successivement une grande partie de l'Asie et de l'Amérique, et pendant qu'on le croyait encore au fond de la Russie, il revint, un beau matin, chez la grand'maman de Ludovic, avec laquelle il demeurait quand il n'était pas en voyage.

M. Robert aimait beaucoup son neveu, mais d'une tout autre manière que la grand'maman de Ludovic. Celle-ci, dans sa tendresse aveugle et imprévoyante, ne s'apercevait pas des défauts de son petit-fils, ou du moins n'avait pas la fermeté nécessaire pour essayer de les corriger. Si parfois elle déplorait les caprices de Ludovic, la crainte de faire de la peine à ce *cher enfant*, comme elle l'appelait, l'empêchait de lui résister comme elle l'aurait dû.

En quelques jours M. Robert eut compris qu'il était temps qu'il s'occupât sérieusement de son neveu. Sa résolution fut aussitôt prise. Persuadé qu'il était impossible de mener à bonne fin la guérison de Ludovic, dont les défauts et les mauvaises habitudes constituaient une bien vilaine maladie, tant que Ludovic serait près de sa grand'maman, il proposa au jeune garçon de l'accompagner dans une excursion qu'il allait faire en Bretagne, où il comptait rester trois mois dans un village situé au bord de la mer. Ludovic, qui, comme je l'ai dit, passait la moitié de ses journées à s'ennuyer et qui de plus désirait beaucoup voir la mer, accueillit avec joie la proposition de son oncle.

Les préparatifs du départ furent bientôt faits. Dès le lendemain matin M. Robert et son neveu montèrent dans une diligence du chemin de fer qui les conduisit jusqu'à Angers. Mais, à partir de cette ville, ils se virent obligés de changer plusieurs fois de voiture. Cela les retarda beaucoup, et ce ne fut que le soir du troisième jour après leur départ de Paris qu'ils atteignirent le terme de leur voyage, un petit hameau très-isolé et situé au bord de l'Océan.

Ce n'était pas la première fois que M. Robert s'arrêtait dans ce hameau. A deux reprises différentes il était déjà venu explorer ce coin retiré de la Bretagne, dont les plages, parsemées de rochers, recélaient une quantité innombrable de plantes marines et d'animaux aquatiques, et chaque fois il avait enrichi ses collections au delà de ses espérances.

M. Robert n'était donc pas un étranger pour les habitants du pays; il s'y trouvait une famille qui l'avait logé déjà deux fois, et chez laquelle il était certain d'être reçu avec la plus franche cordialité.

Cette famille se composait d'un pêcheur nommé maître Jean, de sa mère, bonne vieille de soixante-dix ans, et de son fils, jeune garçon qu'on appelait Petit-Jean pour le distinguer de son père. Ce ménage de trois personnes occupait la dernière maison du hameau du côté de la mer.

Prévenu depuis plusieurs jours, par une lettre, que M. Robert viendrait avec son neveu lui demander pour la troisième fois l'hospitalité, maître Jean s'était empressé de mettre en état de recevoir ses pensionnaires une vaste chambre, communiquant avec un cabinet assez spacieux pour y monter un lit. Cette chambre, que M. Robert avait précédemment occupée, était située à l'étage supérieur de la maison, et servait habituellement à maître Jean de magasin général. Aussi ne fut-ce pas une petite affaire que de la débarrasser des ustensiles de pêche, des agrès de toutes sortes, et même des provisions de ménage qui l'encombraient.

Mais, une fois vidé, le futur appartement de M. Robert et de son neveu fut bientôt prêt, car pour ces bonnes gens il ne s'agissait plus que de monter les deux lits, de les garnir, de balayer et de laver le plancher. La mère Catherine et Petit-Jean se partagèrent cette besogne. Quant à l'ameublement, un miroir large comme la main, une table, deux chaises et un escabeau en firent tous les frais.

La mère Catherine avait bien voulu y mettre une armoire; c'était le seul meuble qui, dans ses idées, manquât à cette chambre, que sa destination habituelle avait imprégnée d'une forte odeur de goudron. Mais la mère Catherine s'était vainement efforcée de se procurer une armoire dans le hameau. Petit-Jean l'en avait consolée en lui faisant remarquer que les murs des deux pièces étaient si libéralement hérissés de clous de toutes dimensions, de crochets et de chevilles de bois, que ces messieurs ne seraient pas en peine de trouver où pendre leurs habits.

M. Robert et son neveu, en descendant de voiture, furent accueillis par maître Jean et par sa famille avec une joie trop vive pour ne pas être un peu bruyante. Les formes, les allures libres et rudes de maître Jean, les exclamations naïves de sa vieille mère déconcertèrent complétement Ludovic, qui promenait autour de lui des regards effarés, et, bien loin de répondre aux questions et aux caresses de la bonne femme, se serrait contre son oncle, dont il avait saisi la main.

« Faut pas être honteux comme ça, mon mignon, disait la mère Catherine à Ludovic en l'attirant à elle. Nous aurons bien soin de vous, allez; nous vous donnerons tout ce que vous voudrez. Avez-vous faim? voulez-vous boire un coup? »

Mais Ludovic ne répondait pas, et continuait à se serrer contre son oncle, comme s'il eût voulu se mettre dans sa poche.

« Laisse donc cet enfant tranquille, mère, dit maître Jean de sa grosse voix ; il est encore tout ahuri ; demain il fera connaissance avec nous. »

M. Robert, après avoir causé quelques moments avec maître Jean et la mère Catherine pour s'informer de ce qui s'était passé de nouveau dans le pays depuis sa dernière visite, témoigna le désir d'aller se coucher.

La mère Catherine prit aussitôt un chandelier de fer garni d'une chandelle toute neuve, l'alluma, et se mit à grimper à l'échelle de meunier conduisant au premier étage. M. Robert, précédé de son neveu, la suivit; et maître Jean, qui, aidé de son fils, portait les bagages, ferma la marche.

Quand la mère Catherine eut placé la chandelle sur la table, et maître Jean les malles le long du mur, en face du lit, ils souhaitèrent le bonsoir à leurs hôtes, qui se trouvèrent de nouveau seuls.

« Eh bien! mon pauvre Ludovic, dit M. Robert à son neveu qui semblait n'avoir pas assez d'yeux pour examiner la chambre, que dis-tu de notre appartement?

— Et c'est ici que nous allons

loger et coucher? répondit Ludovic.

— Pourquoi pas? dit M. Robert; nous avons peut-être la plus belle chambre de tout le village.

— Une chambre, dit Ludovic; mais c'est plutôt un grand vilain grenier. Il n'y a pas de meubles, pas de rideaux, pas de papier, pas de tapis...

— C'est vrai, répondit M. Robert: mais en revanche voici un maître lit aussi large que long, et où l'on dort bien, je t'assure, quand on a passé la journée à parcourir les grèves des environs.

— Et moi, mon oncle, où coucherai-je? demanda Ludovic.

— Oh ! ne t'inquiète pas, dit M. Robert, tu as aussi ta chambre et ton lit. Viens voir ! »

Et M. Robert, prenant le chandelier, conduisit son neveu dans le cabinet qui communiquait avec la grande pièce par une porte sans battant : « Voici ton appartement, dit-il. Sauf dimensions, il est exactement pareil au mien.

— Mais nous ne pourrons jamais demeurer et vivre dans un pareil taudis, s'écria Ludovic, que les larmes commençaient à gagner.

— D'abord, dit M. Robert, nous ne sommes pas venus ici pour nous enfermer dans une maison, mais pour vivre le plus possible en plein air. Sauf les jours où le temps sera par trop mauvais, nous n'entrerons guère ici que pour manger et dormir. Ensuite tu ne pouvais pas raisonnablement t'attendre à trouver dans un hameau, au fond de la Bretagne, un logement qui t'offrît le luxe, les agréments, la commodité d'un appartement de Paris Pour moi, je serais trop heureux si dans mes voyages je rencontrais toujours un logis comme celui-ci. Mais il est tard, tu dois avoir sommeil comme moi; ainsi, couchons-nous.

« Tiens, ajouta M. Robert en ouvrant

une malle, voilà ton paquet de nuit, tu y trouveras des pantoufles, ton bonnet, ta chemise de nuit, un peigne, une brosse et une serviette pour te laver demain matin. Mais, diantre! nous n'avons qu'une seule lumière : alors il faut la partager. Je vais placer la chandelle devant la porte de ta chambre; de cette manière nous y verrons tous les deux assez clair pour ce que nous avons à faire. Allons, bonsoir. et n'oublie pas de prier le bon Dieu. »

Ludovic était abasourdi. Cette façon de l'envoyer coucher tout seul, sans personne pour le déshabiller, pour arranger son lit, pour le couvrir, avait à son sens quelque chose de si nouveau, de si imprévu, qu'il regardait son oncle sans bouger de place.

Ne paraissant pas remarquer la stupéfaction de son neveu, M. Robert ôta son paletot et le pendit à un clou. Quand il se retourna, Ludovic, son paquet à la main, était toujours à la même place.

« Ah çà ! dit M. Robert en riant, à quoi penses-tu ? Est-ce que tu dors déjà debout et les yeux ouverts ?

— Mais, mon oncle, s'écria Ludovic en fondant en larmes, c'est que je ne pourrai jamais me coucher seul. Si tu appelais quelqu'un pour m'aider ?

— Vraiment ! dit M. Robert en feignant un profond étonnement. Comment ! toi, grand garçon de douze ans passés, tu ne peux pas te déshabiller et te mettre au lit ? Allons, allons, tu es trop modeste, et tu te défies trop de toi-même !

— Comment veux-tu que je le puisse, mon oncle, puisque je ne l'ai jamais fait ?

— Raison de plus pour profiter de la circonstance et pour essayer, répondit M. Robert. La grande affaire, au fait, que d'ôter des bas et un pantalon, et de se fourrer sous une couverture ! »

Tout en parlant ainsi, M. Robert se

dépouillait de son habit, de son gilet et de sa cravate. Bientôt il reprit :

« Le dernier prêt soufflera la chandelle. »

Ludovic vit bien qu'au train dont il y allait, son oncle serait au lit avant cinq minutes ; et il connaissait assez le caractère de M. Robert, pour être persuadé qu'une fois couché il ne se relèverait pas pour venir l'aider.

Il prit donc bravement son parti, embrassa son oncle pour lui souhaiter le bonsoir, et gagna sa chambre. Comme il n'avait pas l'habitude de se déshabiller, il y mit un temps infini.

« Que fais-tu donc, Ludovic ? lui cria M. Robert de son lit. A quoi t'amuses-tu au lieu de te coucher ?

— Je ne m'amuse pas, mon oncle, répondit Ludovic ; je me dépêche, au contraire, tant que je puis ; mais j'ai bien de la peine à ôter tout ça...

— C'est parce que tu n'en as pas encore l'habitude, dit M. Robert. Dans trois ou quatre jours tu ne seras pas plus embarrassé que moi. Où en es-tu ?

— J'ai ôté mes bottines et mes bas, répondit Ludovic.

— C'est déjà quelque chose, dit M. Robert ; mais tu aurais dû commencer par ta veste et ton pantalon ; car te voilà les pieds nus sur le carreau.

— Mais c'est toujours par là que commence ma bonne, répondit Ludovic.

— C'est très-bien chez ta grand'maman, où il y a des tapis et du parquet. Mets tes pantoufles.

— Je suis prêt, dit enfin Ludovic.

— Tout à fait prêt ? répondit M. Robert.

— Oui, dit Ludovic.

— Alors souffle la chandelle, et bonsoir. »

Ludovic souffla la chandelle, et se dirigea vers son lit à tâtons.

Mais ce lit, comme presque tous les lits des paysans de la Bretagne, avait près de quatre pieds de haut, et Ludovic se trouva très-embarrassé pour y monter. Le jour il se serait peut-être tiré d'affaire; mais à tâtons ce n'était pas chose facile.

« Mon oncle, cria-t-il, comment faire? Mon lit est si haut que je ne puis monter dessus.

— Comment n'as-tu pas pensé, étourdi que tu es, à mettre une chaise à côté de ton lit avant de souffler la lumière? Te rappelles-tu où est placée la chaise qui est dans ta chambre?

— Non, mon oncle, répondit Ludovic.

— Eh bien! alors, dit M. Robert, va jusqu'au mur, et fais le tour de ta chambre en le suivant, et tu trouveras nécessairement ta chaise.

— Mais je n'y vois pas, dit Ludovic; je vais me cogner aux meubles, ou butter contre quelque chose, et je me ferai peut-être grand mal.

— Tu sais bien, répondit M. Robert, qu'il n'y a pas de meubles dans notre appartement. En ce moment c'est tout profit pour toi. Va doucement, en étendant les mains devant toi, pose à chaque pas ton pied avec précaution, et je te réponds qu'il ne t'arrivera pas de mal. »

Ludovic poussa un gros soupir, et se mit à la recherche de sa chaise.

« Je la tiens ! dit-il enfin.

— Eh bien ! sers-t'en pour monter sur ton lit, répondit M. Robert.

— Mais je ne sais plus maintenant de quel côté est mon lit, dit Ludovic.

— Oh ! le nigaud ! s'écria M. Robert en riant. Il a su trouver une chaise à tâtons, et il est embarrassé pour trouver son lit qui tient la moitié de sa chambre !

— Cette fois j'y suis, » dit Ludovic en se couchant.

Le pauvre Ludovic n'avait pas songé à découvrir son lit pendant qu'il y voyait encore clair ; de sorte qu'il eut toutes les peines du monde à se reconnaître dans les draps et les couvertures, qu'il ne savait par quel bout prendre. Il en résulta qu'il s'entortilla comme il put, plutôt qu'il ne se couvrit comme on se couvre habituellement dans un lit. Mais comme il était las, comme il avait grand sommeil, il ne tarda pas à s'endormir profondément.

Le lendemain matin, Ludovic fut

réveillé par la voix de son oncle, qui lui disait :

« Mais, malheureux, comment t'es-tu donc couché ? Tu ne t'es donc pas aperçu que tu étais en travers du lit au lieu d'être en long ? Puis, voilà un gâchis de draps et de couvertures !... Comment, toi, si difficile en fait de coucher, as-tu pu dormir dans un pareil désordre ?

— C'est pourtant vrai, mon oncle, répondit Ludovic en se frottant les yeux. Mais comment suis-je pris là dedans ? Tout ça est roulé autour de moi. C'est égal, j'ai joliment dormi. Comme il fait grand jour !

— Je le crois bien, répondit M. Robert, il est près de six heures.

— Mais chez nous, dit Ludovic, il ne fait pas jour comme cela à six heures.

— Parce qu'il y a doubles rideaux aux croisées de ta chambre et à ton lit, répondit M. Robert. Mais ici rien n'empêche les rayons du soleil de nous souhaiter le bonjour. Allons, lève-toi, habille-toi pendant que je vais voir si nous aurons beau temps aujourd'hui. Seulement ce soir, en te couchant, n'éparpille pas ainsi tes vêtements par terre: mais arrange-les bien en ordre sur ta chaise. C'est une bonne précaution, car on peut être obligé de se lever précipitamment la nuit, par suite d'un événement imprévu; et tu m'avoueras que tu aurais été fort embarrassé cette nuit pour retrouver tes bas et ton pantalon.

« Pendant mon dernier voyage en Russie, je m'étais arrêté un soir dans une méchante auberge, toute bâtie en bois selon l'usage du pays, et je fus obligé de partager une chambre avec un autre voyageur. Ce voyageur était aussi peu soigneux que toi; il avait, comme toi, jeté, en se couchant, ses habits pêle-mêle à côté de son lit. Au milieu de la nuit nous fûmes tout à coup réveillés par des cris : Au feu ! au feu ! La maison brûlait comme une botte de paille.

« Heureusement, la veille, j'avais arrangé et fermé ma malle, et disposé sous ma main, dans l'ordre où je devais les mettre, tous mes effets ; je fus habillé en un clin d'œil, et je lançai ma malle par la fenêtre. Quant à mon compagnon, il eut juste le temps de trouver son pantalon, de le passer, et de se sauver avec quelques effets qu'il ramassa à la hâte. Il perdit ainsi la moitié de son bagage, et il se trouve dehors, à moitié nu, par un froid très-vif. Il aurait été certainement gelé si moi, qui étais complétement vêtu, je ne lui avais pas prêté mon manteau fourré. »

Ludovic écoutait encore l'histoire de son oncle, que celui-ci était déjà sorti de la chambre pour aller examiner le temps.

Il n'y a pas à dire, pensa Ludovic en sautant en bas de son lit, il faut que je trouve le moyen de m'habiller seul. Il est tout de même bien démontant, mon terrible oncle ! Il va, sans bruit, son petit bonhomme de chemin. « Ludovic, tu vas faire ceci, tu vas faire cela ; arrange-toi comme tu pourras... c'est bien dommage. » Voilà tout ce que j'en puis tirer... et cela toujours sans s'émouvoir, sans se fâcher et avec son petit air railleur. Malgré tout, je l'aime autant que grand'maman, qui fait pourtant tout ce que je veux.

En causant ainsi avec lui-même, Ludovic suait sang et eau pour mettre ses bas. Deux ou trois fois il avait été obligé de recommencer cette grande opération, parce que le talon s'était trouvé tantôt sur le cou-de-pied, tantôt sur la cheville.

Quand M. Robert rentra dans la chambre au bout de vingt minutes environ, il trouva cependant son neveu habillé; habillé, si l'on veut, en ce qu'il avait mis tous ses vêtements, mais fagoté de la façon la plus gauche. Ainsi, tandis que d'un côté son col de chemise cachait une oreille, de l'autre côté il était replié sous sa cravate. Ses bretelles tortillées faisaient remonter son pantalon une main trop haut; son gilet était mal boutonné, et ses bottines n'étaient pas dans le pied pour lequel chacune d'elles avait été faite.

« Bravo! mon Ludovic, s'écria M. Robert en entrant, j'aime mieux te voir ainsi ajusté, qu'habillé dans toutes les règles par la femme de chambre de ta grand'maman. Cependant tu ne peux pas descendre comme cela. Tu ne t'es donc pas regardé dans le miroir qui est dans ma chambre ?

— Non, mon oncle, répondit Ludovic.

— Ça se voit, dit M. Robert. Allons, ôte d'abord tes bottines, et change-les de pied ; elles doivent te gêner. Il faut que les boutons soient en dehors.

— Tiens, c'est vrai, dit Ludovic ; comment n'y ai-je pas fait attention ? ajouta-t-il en les chaussant comme il faut.

— Maintenant, arrange ton col de chemise devant mon miroir ; rabats-le bien également sur ta cravate. Bien, comme cela. Et tes bretelles ?

— Mes bretelles, répondit Ludovic, ne sont pas du tout bien. Comment veux-tu, mon oncle, que je mette mes mains derrière mon dos ?

— Pour aujourd'hui je vais te les arranger, dit M. Robert, et demain matin je te donnerai une leçon. Tourne-toi. »

Quand M. Robert eut arrangé les bretelles de son neveu et lui eut fait reboutonner son gilet, Ludovic n'était plus le même, et il se trouva très-convenablement vêtu, sans prétention comme sans désordre.

« Maintenant, continua M. Robert, nous allons prendre une tasse de lait, et faire une promenade au bord de la mer en attendant le déjeuner. »

Mes enfants, j'abrége cette histoire, qui serait trop longue, si je voulais vous raconter comment M. Robert parvint à faire perdre à son neveu toutes ses mauvaises habitudes. Vous avez vu comment il s'y prenait : il employa toujours les mêmes moyens, le même système, et réussit complétement.

Au bout de trois mois, quand Ludovic revint chez sa grand'maman, ce n'était plus le même enfant. Il n'avait plus besoin de voir sans cesse une bonne auprès de lui. Il mangeait tout ce qui paraissait sur la table, se trouvait toujours assez bien habillé, quand sa mise était propre et décente. En accompagnant son oncle dans ses excursions et ses études, il avait pris un goût très-vif pour cette branche de l'histoire naturelle qui s'occupe de l'innombrable tribu des petits animaux qui vivent sur les rivages de l'Océan. Rien, du reste, n'est plus curieux ni plus intéressant que d'observer la conformation si variée, les mœurs, les ruses, les combats de ces animaux qui souvent s'ébattent par centaines dans une flaque d'eau de quelques pieds, se guettent, s'attaquent, se dévorent, et fuient subitement, au moindre bruit, sous les pierres et dans les fentes des rochers.

La première fois que Ludovic accompagna son oncle, ils arrivèrent au bord d'un tout petit bassin que la mer s'était creusé en affouillant la base d'un énorme roc. Ludovic ne vit d'abord qu'un peu d'eau, de la vase, des pierres, quelques plantes marines.

M. Robert lui dit de s'asseoir, et de se tenir immobile sans faire le plus léger bruit. Au bout de quelques minutes, l'eau transparente du bassin se peupla d'une bande de crevettes venues on ne sait d'où. M. Robert jeta un annélide, espèce de ver, au milieu des crevettes. Toutes se précipitèrent sur le pauvre ver, qui cherchait à s'enfoncer dans le sable pour échapper à ses ennemis.

Mais, pendant que les crevettes se disputaient leur proie, un crabe, large comme une pièce de deux francs, sortit de son trou, étendant ses pinces redoutables. A cette vue les crevettes s'enfuient en s'éparpillant. Le crabe croyait sans doute se régaler tranquillement, quand un autre crabe, trois fois plus gros, s'avança à son tour, et s'empara définitivement de l'annélide tant disputé.

Alors M. Robert frappa à plusieurs reprises le sol de son pied; aussitôt une espèce de frisson courut sur l'eau de la flaque et sur le sable qui la bordait, et en un clin d'œil tous les animaux qui peuplaient ce petit coin du monde eurent disparu.

Ce fut ainsi que M. Robert donna à son neveu sa première leçon d'histoire naturelle.

FIN.

TABLE

Tours. — Imp. Mame.

www.ingramcontent.com/pod-product-compliance
Lightning Source LLC
LaVergne TN
LVHW012010220826
846092LV00001B/301

* 9 7 8 2 3 2 9 7 7 2 7 9 0 *